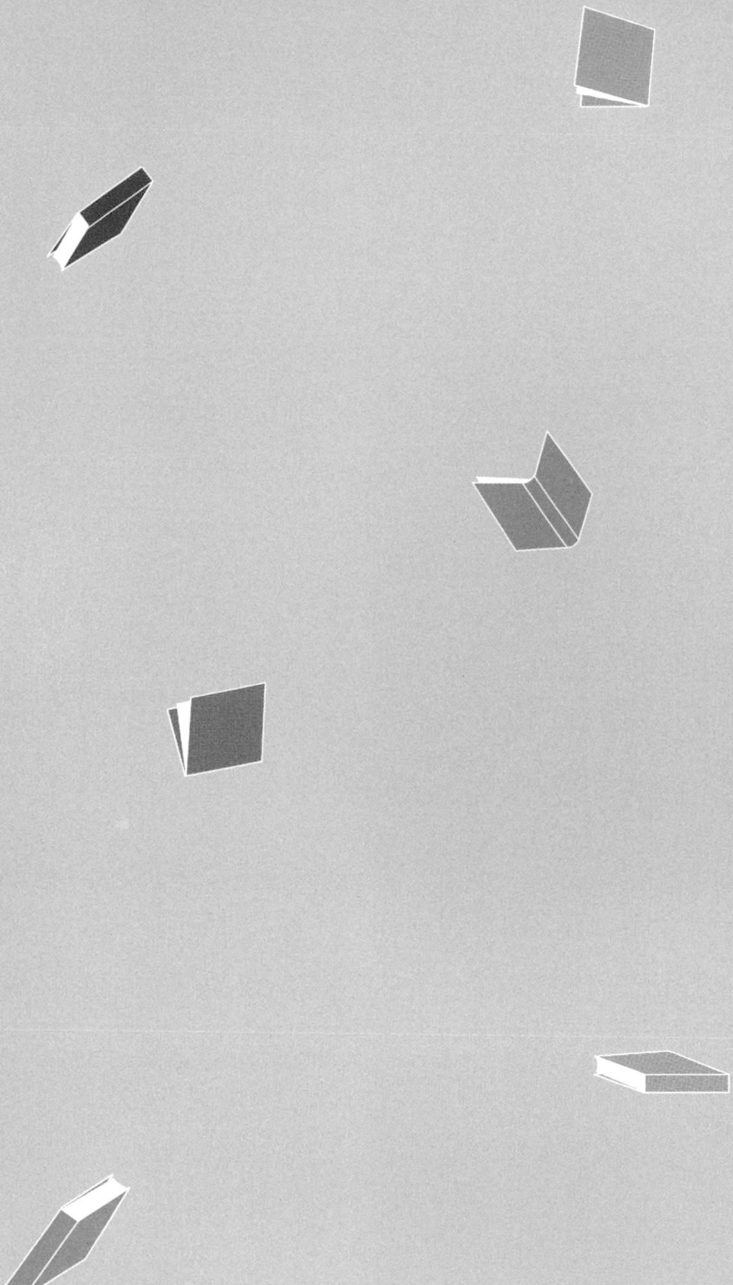

閱讀123

國家圖書館出版品預行編目資料

屁屁超人／林哲璋文；BO2圖 -- 第二版. -- 臺北市：親子天下, 2018.01
88 面；14.8x21公分. --（閱讀123）
ISBN 978-957-9095-08-2（平裝）
859.6 106021343

閱讀 123 系列 002

屁屁超人

作　　者｜林哲璋
繪　　者｜B O 2
責任編輯｜蔡忠琦
美術編輯｜林家蓁
行銷企劃｜王予農、林思妤

天下雜誌群創辦人｜殷允芃
董事長兼執行長｜何琦瑜
媒體暨產品事業群
總經理｜游玉雪　副總經理｜林彥傑
總編輯｜林欣靜
行銷總監｜林育菁
副總監｜蔡忠琦
版權主任｜何晨瑋、黃微真

出版者｜親子天下股份有限公司
地址｜台北市 104 建國北路一段 96 號 4 樓
電話｜（02）2509-2800　傳真｜（02）2509-2462
網址｜www.parenting.com.tw
讀者服務專線｜（02）2662-0332　週一～週五：09:00~17:30
讀者服務傳真｜（02）2662-6048　客服信箱｜parenting@cw.com.tw
法律顧問｜台英國際商務法律事務所．羅明通律師
製版印刷｜中原造像股份有限公司
總經銷｜大和圖書有限公司　電話：(02) 8990-2588

出版日期｜2007 年 9 月第一版第一次印行
2024 年 6 月第二版第二十七次印行
定　　價｜260 元
書　　號｜BKKCD099P
ISBN｜978-957-9095-08-2（平裝）

屁屁超人

文　林哲瑋

圖　BO2

目錄

屁屁超人

在神祕的小學裡，有個神祕的班級，班級裡有位神祕的學生，這位神祕的學生有項特異功能，他會放神奇的屁，大家都叫他「屁屁超人」。

屁屁超人的屁不是普通的屁，他只要一放屁，就可以飛起來——每天他上學都不用媽媽載，只需「噗！」的一聲，就能從家裡飛到學校來。

學校設有屁屁超人專用的馬桶，馬桶上裝了雲霄飛車專用的保險桿，那是為了避免屁屁超人撞到天花板。

在學校裡，如果有紙飛機、羽毛球卡在樹枝上，屁屁超人就會升空，幫同學們拿下來；幼兒園小朋友的氣球如果不小心飄上天空，屁屁超人也會飛上天幫他們拿回來。因此屁屁超人受到大家的歡迎。

雖然屁屁超人出動的時候，味道有些不好聞，但是大家知道屁屁超人放屁是為了幫助人，因此大家都很願意忍耐一下。

然而，神祕的小學來了一位神祕的新校長，新校長不能忍受屁屁超人每次出動時留下的味道……

這位愛抽雪茄的校長，宣導了一項新措施：「拒吸二手屁」，目的是要屁屁超人不准再放屁。屁屁超人一旦不能放屁，就失去了超能力；失去了超能力，就不能幫助人；不能幫助人的屁屁超人，每天都好傷心。

媽媽安慰

屁屁超人：「或許是校長的鼻子對臭味過敏，這樣好了，你多吃點蔬菜和水果，少吃點肉，這樣放屁比較不會有味道喔——或許校長就會接受了。」

屁屁超人聽媽媽的話，每餐都吃好多蔬菜水果，也和平常一樣繼續幫助別人。

有一天，老師忘了帶課本，屁屁超人自告奮勇幫老師拿，他「噗！」的一聲衝向辦公室……

老師說了聲謝謝後，要班長打開電風扇。

好巧不巧，屁屁超人在辦公室遇見了校長，校長命令屁屁超人到面前來，問：「我不是說校園內拒吸二手屁嗎？誰准你放屁的？」

校長說要處罰屁屁超人，除非屁屁超人透露他的超能力是怎麼來的。

屁屁超人老實告訴校長：「我從小就喜歡吃山上爺爺種的番薯——爸媽怕胖都不吃——吃久了就發現放的屁又大又響又有力，愈吃愈多就變成了超能力。」

隔天，山上阿公打電話告訴屁屁超人的爸媽：突然有人將他種的番薯全部買下。

不久之後，屁屁超人一早上學，被一陣又大又響的屁屁旋風超車了——原來是新來的神祕校長。

校長降落在校門口（上學的學生摀著鼻說：「好臭！」）得意的對屁屁超人說：「哈！哈！哈！我現在也有超能力了！」

校長堅持要跟屁屁超人決鬥。

屁屁超人覺得很無聊，他問校長：「您不是說要拒吸二手屁嗎？如果我們決鬥，不就會在校園裡製造許多二手屁？」

校長笑說：「那是我還沒有屁屁超能力前的規定，況且二手屁是別人吸到，又不會是我！」

屁屁超人覺得校長好壞，他想給校長一個教訓，但校長是大人，放的屁一定又大又有力，他不確定是否能夠贏他……

校長宣布決鬥題目了，他要屁屁

超人跟他比賽「看誰飛得最快、最高」，他還表示屁屁超人可以先飛！

比賽由體育老師喊口令：「預備，開始！」屁屁超人像子彈一樣的衝上天際，校長還故意慢慢點起一根雪茄，得意的說要先讓屁屁超人，等過了好幾秒，校長才擺起蹲馬桶的姿勢，眉頭一皺……

「噗——轟——！」大地震動，煙霧瀰漫——彷彿太空梭升空一般——把大家嚇了一跳。支持屁屁超人的老師和同學們心裡一陣緊張，心想校長的屁這麼厲害，屁屁超人一定不是對手。

等煙霧散去，大家發現校長還在原地，而且全身烤焦了……

原來校長的菸點燃了巨大的屁，產生了大爆炸，把校長炸傷了。

屁屁超人在半空中瞧見了地面上的意外，連忙飛下來，送校長到醫院去……

經過了這一事件，學校老師們一致決議，還是宣傳拒吸「二手菸」就好，對於「二手屁」，大家盡量忍耐和體諒。

屁屁超人從此可以自由的幫助人類，不必再害怕受處罰。而最近山上的阿公又送來了一箱他自製的彈珠汽水，阿公說喝了這個，可以打出巨大的嗝，在飛行時若需要緊急煞車，那就方便了……

哈欠俠

屁屁超人班上來了一位神祕的轉學生，這位神祕的轉學生整天一直打哈欠，他因為缺了顆牙，所以打哈欠時，不是發出「啊」的音，而是發出「ㄒㄧㄚ」的音，所以大家都叫他「哈欠俠」。

「ㄒㄧㄚ——！我是新來的轉學生，專長是打哈欠，打很大的哈欠……」哈欠俠還沒自我介紹完，就忍不住打了一個大哈欠，全班同學只感覺教室後頭吹來一陣狂風，最後一排小朋友的鉛筆盒全飛到了第一排的桌上。

「好厲害的哈欠呀！」老師和同學們都十分佩服。

「ㄒㄧㄚ！小意思！」哈欠俠驕傲的走向老師幫他安排的座位。

不久，班上準備選班長了，許多小朋友提名屁屁超人，可是哈欠俠不服氣，他「ㄒㄧㄚ」的打了一個小哈欠說：「屁屁超人有什麼了不起？」

哈欠俠要求和屁屁超人決鬥，以便決定誰有資格當班長。班上同學紛紛表示反對，有人說：「班上只有兩位超能力者，普通人卻有三十幾個，憑什麼你們說了就算！」

「對呀！對呀！」

哈欠俠見這麼多同學有意見，就問：「那麼，你們要如何選出班長呢？投票嗎？」

有小朋友舉手說：「投票太無聊了，不如讓他們兩個用超能力比一比，看誰厲害，就讓誰當班長……」

「好哇！好哇！」除了屁屁超人以外，全班舉手贊成！

屁屁超人覺得有些怪怪的——怎麼還是要決鬥呀？屁屁超人最不喜歡決鬥了，在室內決鬥和在天空飛行可不一樣，尤其是教室裡通風並不怎麼好……

決鬥時間定在下週班會，校長得知這件事，非常興奮，還安排了家庭訪問到哈欠俠家……

決鬥當天，老師正準備喊「預備，起！」時，屁屁超人說話了：「哈欠俠，我媽媽說當班長目的是為同學服務，這是勞心勞力的事，如果有人願意做，我應該把機會讓給別人，並且盡力幫助他——畢竟想幫助同學，服務大家，不一定非得當班長呀！」

同學雖然失望，仍然鼓掌恭賀新當選的班長，哈欠俠呆了一下，正要向前和屁屁超人握手，校長卻破門而入，大喊：「這可不行！如果哈欠俠不願意和屁屁超人決鬥，就讓我來吧！」

校長說完，打了一個大哈欠，「吸」翻了教室所有的桌椅。

屁屁超人大吃一驚：「想不到校長學會了哈欠神功，這下子該怎麼辦？」

「對不起，是我把哈欠神功的祕密告訴校長的，」哈欠俠自責的說：「我每天玩電動玩到很晚，所以才能打出大哈欠；校長知道後就決定打三天三夜的麻將，外加不吃早餐，以便快速練成哈欠神功。校長還說他學會了哈欠神功，就能幫我對付你……」

「現在你必須幫我對付校長了，哈欠俠……」抱著門柱的屁屁超人拉著哈欠俠，以免被校長的哈欠吸走。

「校長是大人，學了哈欠神功，比我厲害好幾倍耶！」

「哈欠俠，我們不能眼睜睜看校長把全班同學吸進肚子裡去呀！」

校長不斷打著哈欠，連教室後面的壁報紙都被吸起來了，老師和同學們緊緊抱在一起，才能抵抗校長哈欠的強大吸力。

「快！哈欠俠，快把大家吸到門口這兒！」

「好！」哈欠俠用堅定的眼神望著屁屁超人，他用力打了一個前所未有的大哈欠，將老師和同學吸近門旁邊，並且抱住他們。

「屁屁超人，今天你完蛋啦！看我的……吸——啊！」校長一邊打哈欠，一邊大吼。

「馬力全開！噴射屁！」屁屁超人托住抱在一起的師生，飛出教室；老師急忙提醒大家：有帶口罩的，快把口罩戴上……

只聽到「轟隆」一聲，整棟建築物地震般的振動，教室內煙霧瀰漫……

煙霧散去後，教室裡仍然毫無動靜，哈欠俠躡手躡腳走近窗邊察看，不久，他轉頭大喊：「快來！校長昏倒了！」

大家跑上前去，只見校長臉色發青，倒在地上，肚子脹得跟河馬一樣。

「校長一定是吸進了所有的噴射屁，所以才會昏倒的！」哈欠俠猜測。

屁屁超人擔心的問：「需要幫校長做人工呼吸嗎？」

「最好不要！校長肚子裡充滿了屁，現在幫他做人工呼吸，恐怕施救者會有生命危險……」班上唯一會CPR（人工心肺復甦術）的老師說。

「那事不宜遲，我趕快送校長去醫院吧！」屁屁超人抱起校長，走到通風良好的草坪上，用僅剩的一點屁「咻！」的一聲，飛向市區設備最完善的醫院，再次救了校長一命。

屁屁超人和哈欠俠成了好朋友，哈欠俠常到屁屁超人家作客，超人媽媽擔心哈欠俠每天玩電動，太晚睡覺，對身體不好，勸他保重身體：

「哈欠俠同學，你每天打那麼多的哈欠，就表示身體缺氧，你應該多做些有氧運動，時常跑步游泳，這樣肺活量會變好，說不定超能力會更強呢！」

哈欠俠聽超人媽媽的話，脫胎換骨成了愛運動的陽光少年。

有一次上體育課時，天上烏雲密布，同學們正擔心沒辦法上大家最喜歡的躲避球課的時候，哈欠俠「ㄒㄧㄚ——」的一聲，把烏雲全吸走，讓陽光隨著全班同學的微笑再次出現。從此以後，大家就像愛屁屁超人一樣，愛著哈欠俠！

好話騎士

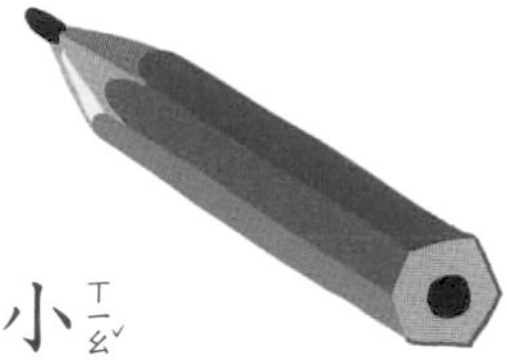

哈欠俠的弟弟今年剛就讀神祕小學附設的「神祕幼兒園」，他還不習慣陌生的環境，總是跑到屁屁超人的班上找哥哥哈欠俠。老師很親切的為他搬來一張椅子，讓他坐在哥哥身邊。

哈欠俠的弟弟也擁有驚人的超能力，他的絕招是——「罵髒話」，他罵髒話時習慣像大猩猩一樣搥

打自己的前胸，所以大家都叫他「髒話金剛」！

髒話金剛的髒話具有無比邪惡的魔力：如果他罵了一個字的髒話，被罵的人只會聽見一聲「Do」；如果他罵了七個字，對方就會聽見「Do、Re、Mi、Fa、So、La、

Si」七個音。

被髒話射中的人，腦海中立刻出現一張張考卷，而且會不由自主的呆呆站在原地作答，更可怕的是，每一道題只有一分，換句話說，每張考卷有一百題！有些寫不出來或來不及寫完的小朋友，還會難過得掉下眼淚呢！

屁屁超人和哈欠俠，也常被髒話金剛的髒話射中，哈欠俠曾經被七個字的髒話K到，足足寫了兩節課，才寫完七張考卷。

因為大家不喜歡寫考卷，也就愈來愈討厭髒話金剛；由於大家都不喜歡髒話金剛，髒話金剛也就愈來愈討厭大家……

老師們上課時間都用來填寫腦海裡的考卷，根本沒辦法上課；同學們連最喜歡的躲避球都不能好好打，因為場上的人忙著想髒話金剛發出來的考題，一下子就出局了——整間學校師生都愁眉苦臉，大家全沒了笑容。

Do
Re
Mi
Fa

屁屁超人每天拖著疲憊的身子回家，超人媽媽發現他連飛行時放屁都無精打采，好奇的問：「怎麼啦？」屁屁超人把髒話金剛在學校造成的麻煩告訴媽媽，超人媽媽聽完後決定隔天到學校一趟。

一到學校，超人媽媽先去校長室打聲招呼，可是校長室門口貼著「寫考卷中，請勿打擾」！

超人媽媽嘆了口氣，搖了搖頭，向教室走去……

超人媽媽一進教室，發現同學們都擠在教室角落，一位穿著幼兒園圍兜兜的小朋友坐在中央，嘟著嘴，他身旁坐著哈欠俠——哈欠俠正在空無一物的桌面上，忙著填寫自己腦海中的考卷。

「我想你一定是『髒話金剛』了！」超人媽媽對幼兒園小朋友說。

「哼！你這個Do……」

「哇！你長得好可愛喔！」超人媽媽在髒話金剛的「音符」還沒出現前，就先誇讚了髒話金剛一句。

髒話金剛呆住了，他望著超人媽媽：「從來沒有人說我可愛，大家都說我很壞，你是不是搞錯了？」

超人媽媽笑著：「你是很可愛呀！而且很帥！」

她蹲下來握著髒話金剛的小手說：「你一定覺得很委屈，是不是？你很想跟大家做朋友，一起玩，可是大家都誤會你，對吧？」

髒話金剛瞪大眼睛望著超人媽媽，眼睛閃著波光。

「我和你做好朋友，可不可以呢？屁屁超人也很想跟你做好朋友，如果我們把你當朋友，你會不會也把我們當朋友對待呢？」

「嗯！」髒話金剛點了點頭。

「所以啦！想和人家當朋友，就必須先當對方是朋友，對不對？而朋友之間是不會罵髒話的……」

超人媽媽話還沒講完，校長就破窗而入，大笑：「哈！哈！哈！髒話金剛每天罵我髒話，害我有寫不完的考卷，現在我已經將髒話金剛的髒話超能力都學起來了……」

校長深深吸了一口氣，罵出髒話：「Do、Re、Mi、Fa、So、La、Si……」

不愧是大人，校長還罵了高八度和低八度的「Do、Re、Mi、Fa、So、La、Si」一共二十一個字的髒話，校長不只罵髒話金剛，還對著全班一直罵一直罵，結果每個人的腦海裡都領到了二十一張考卷，小朋友眼淚流都流不停。

因為被髒話金剛的髒話刺中太多次，校長的身上插滿了尖銳的髒話，活像一隻髒話刺蝟，這隻刺蝟擺起了攻擊的架勢……

超人媽媽在髒話金剛的耳朵旁邊說：「其實有一種超能力，比髒話威力更大喔！我告訴你……」

明白了超人媽媽透露的祕訣，髒話金剛蹲好馬步，對著校長大喊：「可惡，讓你嘗嘗我的新絕招……我——愛——你——校長！」

原本準備要接住一連串髒話的校長，被一大堆「我愛你」、「我好喜歡你」、「你好可愛」……等好話打中，臉色在「紅、橙、黃、綠、藍、靛、紫」七種顏色

之間不停變化著，他嘴唇發著抖，雙手抓著頭，眼睛發白，哽咽的叫：「哇！好多學習單呀——」只喜歡派學習單當作業，卻從來不寫學習單的校長逃回了校長室。

頭一次，髒話金剛解救了大家。為了試驗新的超能力，他對全班同學都說了一句好話，結果每位小朋友腦海裡的考卷都不見了，只出現一張學習單，題目是：「有人很喜歡我，想跟我當朋友，我該怎麼辦？」

「好話學習單」不限字數，不寫也行，沒有標準答案，寫完不必打分數（所以不會不及格）；然而，最重要的是，屁屁超人班上每位小朋友都會寫，寫起來心情愉快，而且很有成就感！

寫學習單的時候，他們心中都嘗到了巧克力及起司蛋糕的滋味，也因此有人提議不再叫哈欠俠的弟弟「髒話金剛」，改叫他「好話騎士（起司）」。

那天放學後，超人媽媽邀請好話騎士和同學們一起到家裡來吃布丁，她請屁屁

超人先去買些材料，屁屁超人吃了媽媽帶來的番薯點心，補充了能量，飛得特別快，一下子就完成了媽媽交待的任務。

「好話騎士」的朋友愈來愈多，他的超能力愈來愈強——因為好話愈說愈習慣了。他時常攻擊校長，希望校長能像學髒話超能力一樣，學會好話超能力，這樣的話，喜歡偷學超能力的神祕校長也會變成可愛的人！

作者的話

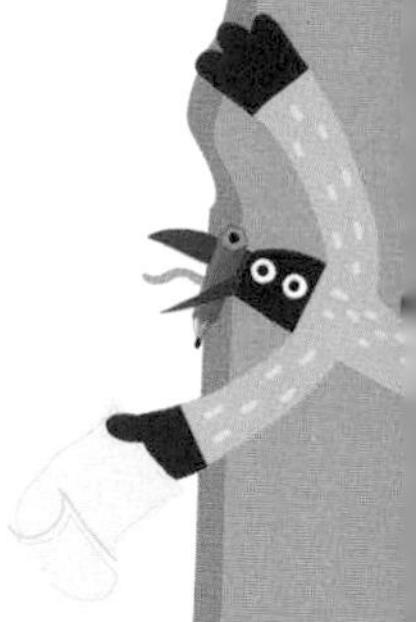

大家好：

在《屁屁超人》的故事裡，有著各式各樣的超能力——跟小孩相處過的大人都知道，小朋友的超能力可多著呢！我從不煩惱沒人演故事裡的超人主角，卻擔心如何合乎「能力越大，責任越大」這個公式——誰可以來演反派的壞蛋角色。

現今這時代，反派角色演得好，一樣受到大家的支持與鼓勵，不像以前演壞人的演員走在路上，會被民眾丟石頭、紙屑（小朋友一定不相信，那時連大人都做這種事）。雖然如此，直到神祕小學校長前來應徵，我才大大的鬆了一口氣。

毛遂自薦的校長很有誠意的說：「身為校長，常為了鼓勵學生閱讀，在寒、暑假和學生打賭，若是他們達到預定閱讀量就算贏，我就剃光頭、表演天鵝湖、男扮女裝、吞劍、跳火圈……，因此，演個反派角色絕對難不倒我！」

我被神祕小學校長犧牲奉獻的偉大精神給感動了，因此，不顧同樣來應徵的怪獸、火龍、巫婆、

生化人、邪惡科學家……等的抗議，我毅然決然將飾演反派角色的機會留給校長。

希望小讀者們能明白校長的苦心，如果校長演得好——讓大家真的覺得他很壞——那麼你們在街上遇到神祕小學校長時，不可以誤會他、責備他，反而要稱讚他把這反派角色演得活靈活現、入木三分。

最後，感謝各位超人讀者的支持！

敬祝
無敵

BO2

1968年生，復興美工畢業。

怪怪新村系列商品設計者，曾為資深商品設計師，目前為專業圖文創作者，設計過無數種文具禮品卡片與雜貨，開過連載三年的報紙專欄，畫過無數本書籍的封面插畫，寫過無數篇有趣的搞笑文章，發表過無數篇華人界閱讀率最高的搞笑電子報，出過幾本字比圖多很多的書，圖文作品常出沒於各大平面媒體。

現職：怪怪新村亂寫亂畫亂搞工作室負責人

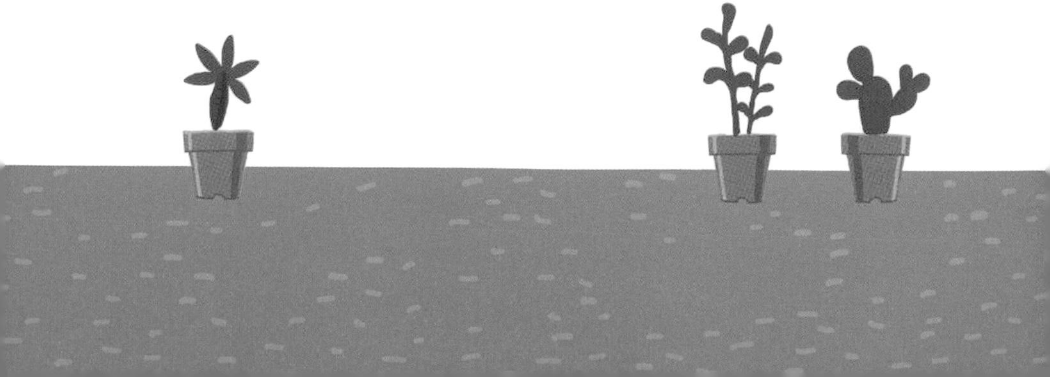

代表作品

1996 怪怪新村系列商品正式誕生
1999 受中國時報之邀，於該報趣味休閒版開闢圖文專欄
2002 受國際新銳大導演蘇照彬之邀，參與電影【愛情靈藥】主視覺圖像設計
2003 受邀參與誠品書店十四週年慶之「當代藝術14家圖像展」
2004 授權MTV中文臺與好樂迪使用怪怪新村為該年代表吉祥物
2005 應中國信託邀請，參與點燃生命之火怪怪新村原稿畫作義賣
受邀替國際宜蘭童玩節打造全新代言人物
2006 二度替國際宜蘭童玩節設計代言人物
2007 受書展基金會之邀，主導2007臺北國際書展主視覺圖像設計
三度替國際宜蘭童玩節設計代言人物
受誠品書店之邀，替誠品十八週年打造「誠品18紀念套卡」

出版作品

1996 怪怪新村惡搞日記（熱烈絕版中）
2002 史上無敵超級事件簿1（大塊文化）
2003 奴比亞的線腳獅子（大塊文化）
2004 史上無敵超級事件簿2——不良品（大塊文化）
2005 壹直笑——怪怪新村芒果報（圓神如何）

讓孩子輕巧跨越閱讀障礙

◎親子天下執行長 何琦瑜

在臺灣，推動兒童閱讀的歷程中，一直少了一塊介於「圖畫書」與「文字書」之間的「橋梁書」，讓孩子能輕巧的跨越閱讀文字的障礙，循序漸進的「學會閱讀」。這使得臺灣兒童的閱讀，呈現兩極化的現象：低年級閱讀圖畫書之後，中年級就形成斷層，沒有好好銜接的後果是，閱讀能力好的孩子，早早跨越了障礙，進入「富者越富」的良性循環；相對的，閱讀能力銜接不上的孩子，便開始放棄閱讀，轉而沉迷電腦、電視、漫畫，形成「貧者越貧」的惡性循環。

國小低年級階段，當孩子開始練習「自己讀」時，特別需要考量讀物的文字數量、字彙難度，同時需要大量插圖輔助，幫助孩子理解上下文意。如果以圖文比例的改變來解釋，孩子在啟蒙閱讀的階段，讀物的選擇要從「圖圖文」，到「圖文文」，再到「文文文」。在閱讀風氣成熟的先進國家，這段特別經過設計，幫助孩子進階閱讀、跨越障礙的「橋梁書」，一直是不可或缺的兒童讀物類型。

橋梁書的主題，多半從貼近孩子生活的幽默故事、學校或家庭生活故事出發，再陸續拓展到孩子現實世界之外的想像、奇幻、冒險故事。因為讓孩子願意「自己拿起書」來讀，是閱讀學習成功的第一步。這些看在大人眼裡也許沒有什麼「意義」可言，卻能有效引領孩子進入文字構築的想像世界。

天下雜誌童書出版，在二〇〇七年正式推出橋梁書【閱讀123】系列，專為剛跨入文字閱讀的小讀者設計，邀請兒文界優秀作繪者共同創作。用字遣詞以該年段應熟悉的兩千個單字為主，加以趣味的情節，豐富可愛的插圖，讓孩子有意願開始「獨立閱讀」。從五千字一本的短篇故事開始，孩子很快能感受到自己「讀完一本書」的成就感。本系列結合童書的文學性和進階閱讀的功能性，培養孩子的閱讀興趣、打好學習的基礎。讓父母和老師得以更有系統的引領孩子進入文字桃花源，快樂學閱讀！

橋梁書，讓孩子成為獨立閱讀者

◎中央大學學習與教學研究所榮譽教授　**柯華葳**

獨立閱讀是閱讀發展上一個重要的指標。幼兒的起始閱讀需靠成人幫助，更靠圖畫支撐理解。許多幼兒有興趣讀圖畫書，但一翻開文字書，就覺得這不是他的書，將書放在一邊。為幫助幼童不因字多而減少閱讀興趣，傷害發展中的閱讀能力，天下雜誌童書編輯群邀請本地優秀兒童文學作家，為中低年級兒童撰寫文字較多、圖畫較少、篇章較長的故事。這些書被稱為「橋梁書」。顧名思義，橋梁書就是用以引導兒童進入另一階段的書。其實，一本書容不容易被閱讀，有許多條件要配合。其一是書中用字遣詞是否艱深，其次是語句是否複雜。最關鍵的是，書中所傳遞的概念是否為讀者所熟悉。有些繪本即使有圖，其中傳遞抽象的概念，不但幼兒，連成人都可能要花一些時間才能理解。但是寫太熟悉的概念，讀者可能覺得無趣。因此如何在熟悉和不太熟悉的概念間，挑選適當的詞彙，配合句型和文體，加上作者對故事的鋪陳，是一件很具挑戰的工作。

這一系列橋梁書不說深奧的概念，而以接近兒童的經驗，採趣味甚至幽默的童話形式，幫助中低年級兒童由喜歡閱讀，慢慢適應字多、篇章長的書本。當然這一系列書中也有知識性的故事，如《我家有個烏龜園》，作者童嘉以其養烏龜經驗，透過故事，清楚描述烏龜的生活和社會行為。也有相當有寓意的故事，如《真假小珍珠》，透過「訂做像自己的機器人」這樣的寓言，幫助孩子思考要做個怎樣的人。

【閱讀123】是一個有目標的嘗試，未來規劃中還有歷史故事、科普故事等等，且讓我們拭目以待。期許有了橋梁書，每一位兒童都能成為獨力閱讀者，透過閱讀學習新知識。

閱讀123